AF297999

HOMMAGE

A

ORFILA,

PAR

LE DR FOUCAUD DE L'ESPAGNERY.

PARIS.

RIGNOUX, IMPRIMEUR DE LA FACULTÉ DE MÉDECINE,

rue Monsieur-le-Prince, 31.

—

1853

Au 1er janvier 1853, M. Orfila, professeur de chimie médicale à la Faculté de médecine de Paris, dont il n'a cessé d'être le doyen qu'à l'arrivée de la république de 1848, instruisit, par une notice imprimée, tout le corps médical de Paris d'une détermination jusqu'alors sans exemple dans son genre. C'était un généreux testateur qui voulait se faire lui-même son exécuteur testamentaire.

Orfila (qu'il nous permette de parler ainsi de lui, car cet illustre nom devient déjà la propriété de l'histoire) faisait don spontanément à la science, représentée par divers établissements publics, d'une somme de *cent vingt et un mille francs !*

Ce n'est pas tout ; sa vie durant, le généreux auteur d'un pareil don comptera, tous les ans, la somme de *mille francs* pour payer des préparations anatomiques, augmentera même de *cent francs* par an les émoluments du gardien du musée.

La somme léguée par Orfila prouve elle-même, dans ses distributions, non-seulement la grande âme de ce savant célèbre, mais encore sa disposition naturelle à faire le bien.

De ces 121,000 francs, 60,000 sont destinés à l'achèvement du musée Orfila, monument qui n'a pas son pareil au monde, et sur l'entrée duquel le visiteur lira toujours avec émotion :

Aux Étudiants en Médecine.

J'AI FONDÉ CE MUSÉE EN 1845,

DANS L'INTÉRÈT DES ÉTUDLS,

ET UNIQUEMENT POUR VOUS ÊTRE UTILE.

ORFILA.

Cinquante-deux mille francs sont destinés à fonder :

1º Un prix de deux mille francs à l'Académie impériale de médecine;

2º Un prix de mille francs à l'École de pharmacie de Paris ;

3º Une rente annuelle de quatre cents francs à l'Association des médecins du département de la Seine, dont Orfila est le fondateur;

4º A l'École préparatoire de médecine de Bordeaux, la somme de mille francs;

5º Deux mille deux cents francs à l'École préparatoire de médecine d'Angers ;

6º A l'État, pour frais de mutation, quatre mille francs.

Les sujets de prix proposés par.Orfila ont pour objet..de. continuer les recherches scientifiques que n'a pu élucider à son gré, dans le long cours de ses travaux, le savant chimiste.

Dans la première série des questions qu'il désigne lui-même pour les concours, figurent le chloroforme, les champignons, les cantharides, la digitale, la noix vomique, le venin de la vipère, etc. etc. On reconnaît l'infatigable zèle d'un homme qui, obligé de s'arrêter, dit aux autres : Vous qui le pouvez, continuez la besogne ; je vous en fais d'avance les frais.

Dans la seconde catégorie, il assigne pour sujet de prix des recherches sur les causes occasionnèlles des fièvres intermittentes, typhoïdes, sur les maladies contagieuses, la dysenterie, le choléra, la péritonite puerpérale, etc., maladies que notre savant toxicologiste a toujours supposées introduites dans l'économie humaine par les voies respiratoires.

De quelles nobles inspirations ne sont pas empreintes toutes ces judicieuses dispositions !

Aussi c'est après la lecture de la notice explicative des diverses applications du legs, que nous avons pris la plume, pour traduire, dans une langue peu usitée dans nos habitudes médicales, la poésie qui suit. L'illustre doyen l'a accueillie avec une attention des plus flatteuses pour nous, ét a bien voulu, par la lettre qu'on va lire, nous en témoigner sa satisfaction.

Nous avons cru payer au bienfaiteur de la science et du corps médical notre part de tribut de reconnaissance, en publiant, en son honneur, quelques lignes inspirées par sa noble générosité. Puissions-nous en cela nous être montré à la hauteur du sujet, et à la hauteur des sentiments que, de tous côtés, nos confrères manifestent en faveur du noble modèle que la bienfaisance vient de révéler à nos yeux !

A M. LE Dr FOUCAUD DE L'ESPAGNERY.

Paris, 15 janvier 1853.

MONSIEUR ET CHER CONFRÈRE,

Il est de ces élans de cœur que l'on admire et pour lesquels les remercîments les plus énergiques sont impuissants. La pièce de vers que vous m'avez adressée à l'occasion du don que je viens de faire est tellement aimable pour moi, que je ne trouve pas moyen, quoique je fasse, de vous exprimer toute ma gratitude ; je me bornerai donc à vous dire qu'elle est digne d'un poëte de profession et d'un poëte qui a des idées. . . . . ,
. . . .

Croyez-moi, mon cher confrère,

Votre tout dévoué serviteur.

ORFILA.

HOMMAGE

A ORFILA.

———◦❖◦❀◦❖◦———

Orfila, c'est à toi que ma muse s'adresse,
Les mains pleines d'encens pour ton cœur généreux,
Ta touchante bonté, ta profonde sagesse,
Ton zèle à protéger le savoir en tous lieux.

C'est toi de qui la main, par le ciel dirigée,

Révélant aux mortels justement soucieux

Ces poisons dont souvent la terre est affligée,

Apprit d'en triompher le secret merveilleux.

Aux entrailles du sol et dans les mers profondes,

Au pied du végétal, dans le parfum des fleurs,

On te vit, blanchissant dans des veilles fécondes,

Rechercher toutes parts ces agents destructeurs ;

Et fort de longs travaux qui comptent peu d'émules,

Tu vins, aux yeux du monde ému de tes efforts ,

Par de nombreux savoirs, qu'avec art tu cumules,

Retrouver les poisons jusqu'aux veines des morts.

Le juge embarrassé consulte ton ouvrage,

Des essais d'autrefois ton creuset nous tient lieu,

Jusqu'au sein des tombeaux pénètre ton courage ;

L'analyse en tes mains, c'est l'oracle de Dieu.

Mais un rare talent qu'en toi chacun admire,

Talent qu'ont rehaussé, grandi tes envieux,

C'est le don d'enseigner, le mérite d'instruire,
L'art de te révéler à l'esprit comme aux yeux,
Que pour nous chaque jour tu laisses apparaître.

Dans ses chimiques lois, l'infini ténébreux
Voit l'aurore surgir à la leçon du maître,
Et le disciple, épris d'aperçus radieux,
Redoublant de ferveur, n'aspire qu'à connaître.

Avant toi que pouvaient sur les jeunes esprits
Ces illustres recueils des lois de la nature,
Ces livres si profonds, si savamment écrits ?
C'étaient de beaux trésors dans une grotte obcure.
Mais, quand advint le jour où, d'une habile main,
Dégageant les abords, écartant les épines,

Tu traças hardiment un spacieux chemin,
Chacun put aborder à ces âpres collines.

Le bras ferme, attentif, nautonnier sans égal,
D'un esquif important tu guidais la carène,
Quand à de froids brouillards succède un vent fatal;
Le désordre en grondant sur les flots se déchaîne,
Et profitant du trouble où jette l'ouragan,
On prend le gouvernail des mains du capitaine.....
On te met au rivage...... et..... l'on suit le courant.

. . . .

Cependant tous les cœurs, dans un discret silence,
Ont blâmé cet oubli d'un mérite éclatant ;
Ils garderont toujours respect et déférence
Pour le vieux timonier, le doyen bienfaisant.

Il instruit la jeunesse, il éclaire le monde ;
Dans ses moindres labeurs, il sert l'humanité ;
Mais ce n'est pas assez pour son génie, il fonde
Un pieux monument de sainte charité.

Dans les nombreux docteurs que sacre la Sorbonne,
L'infortune souvent promène ses chagrins ;
On a beau cultiver, quand arrive l'automne,
La récolte parfois manque aux meilleurs terrains.

Orfila connaissait ces heures de détresse ;
Confrère affectueux, cœur juste et prévoyant,
Jaloux de soutenir la gloire et la noblesse
D'un corps fait pour briller toujours au premier rang,
Il a dit à chacun : « Apporte ton obole.
« Que l'avenir pour tous n'offre plus de terreur !
« Préparons entre nous un appui qui console
« La veuve et l'orphelin que laisse le docteur !

« Que le confrère, hélas ! que frappe l'infortune
« Sache de quel côté porter ses pas tremblants !
« Faisons entre nous tous une bourse commune ;
« Par là nous braverons les destins et le temps. »

Merci, noble doyen, honneur à ta pensée !
Que de pleurs a séchés ton appel éloquent !
Chez plus d'un orphelin, ton image est placée ;
Il sait ton nom, doyen, et le bénit souvent.

Mais tout ceci déjà dans le passé s'envole ;
Et par un trait récent tu nous as révélé
De quels nobles élans ton âme est le symbole,
Et parmi quels mortels tu dois être mêlé.

Non content des travaux d'une vie aussi pleine,
Tu veux à d'autres temps en léguer le reflet.

Par tes soins, au passé tout l'avenir s'enchaîne ;

Tu veux de tes pensers rendre le cours complet.

Quand tu ne seras plus, tu veux instruire encore ;

Tu veux éterniser ton zèle bienfaiteur,

Et, jugeant dans son but un projet qui t'honore,

De services rendus savourer le bonheur.

Puisses-tu bien longtemps assister de toi-même

A ces nobles efforts suscités par tes soins !!!

De recueillir toujours il est doux, quand on sème ;

Nos yeux de nos bienfaits aiment d'être témoins ;

Et pour toi, chaque jour, apportant quelque pierre

A l'œuvre que ton zèle est jaloux de bâtir,

De fleurs et de parfums sèmera ta carrière,

Et tes nombreux amis n'auront plus qu'à bénir.

www.ingramcontent.com/pod-product-compliance
Ingram Content Group UK Ltd.
Pitfield, Milton Keynes, MK11 3LW, UK
UKHW022258070726
13613UKWH00005B/2360